Kaewの香り
・・・それにしてもボクらの時代

志田道子

七月堂

目次

Kaewの香り

・・・それにしてもボクらの時代

蒼空だけが残った

六本の脚でようやく抱え込める石もあれば
仲間のアシストの無いロッククライミングのように
足先に込めた力だけを信じて運命をまたぐ昼もある
蒼空の下で
命がけで集めて来たわずかな食物で生を繋ぐ
わたしはこの地球の地に立つ蟻

地上高く聳える山肌から勢いよく転がり落ちる岩は
そのまま海に潜って何千里の海底へ

そんな岩を追って海峡の奥へと沈み行く躍動する巨体
蒼く黒い巨大な海流の流れ
わたしのヒレは巨大　呼吸も巨大　夢も巨大
わたしは鯨と呼ばれ　この地球の海に生きる

数世紀前に築かれたレンガの街
既に何世紀も使われず煤と埃のこびりついた煙突
その上に置かれた人口巣塔
コウノトリの子育ては今日も人々に待ち望まれている
しあわせをもたらすしあわせな鳥
青天にはばたけ　自由を運んで来てくれ

地球最大の生きた監獄　と人は言う

飲み水は汚染され　働く力を奪われた親たちは
虚ろな瞳で食糧の支給を待ち望む　それでも
ガザ地区の子供たちは目を輝かせて夢見ている
それが何であれ　未来を
地球が爆発してしまったとしても　未来を！

伝染病が覆いつくした　あっと言う間に
犠牲者の数はこれまでの人肉の大戦を超えた
一年に満たぬ間に
蒼空だけが残った

風景

リュクサンブール公園は
めずらしく霧に包まれ
噴水の回りの
丸い池の縁で
遠い河口から迷い込んだか
カモメが一羽
首をかしげている

いつもはやばやと開店の準備を終え

早朝のランニングにいそしむ
ベトナム人の青年
公園のジャリ道に未だ足音はない

近くに暮らす福耳の男の子が
一日中戯れた果てに
きのう忘れていった
おもちゃのヨットが一台
池の波に揺られている

人々は未だ起き出してはいない

新品の戦車が数台

サンミシェル大通りを
疾走して行った
音も立てずに

インコ

まるで　おひさまに呪われているような
暑い日々が続いて　やっと　きのうの夜
雨が降った。　庭の隅の下草から
ちいさな墓石がひっそりと　浮かび上がる

―わたしの名前が刻まれているのかしら
確かめようとすると　消えた
どうでもいいことだ　この暑いのに

あさ　もう雷が鳴っている　いくども
いくども　空を震わす　この音が
鳴り止まぬことには　病院にも行けない

「わたし認知症になっちゃうのかしら」

たよりない笑顔のエプロンドレスが見納めになった。

そのひとの息子たちは　わたしの存在を知らない。

施設に入ってからの隣人の消息を　わたしに
伝えようと思いつくこともない。

＊　　＊　　＊

こどものころ　手乗りインコを飼っていた
なぜか　無愛想に　わたしを避けていた
老いたインコがある日　わたしの胸を駆け上がって

わたしの唇を求めるように　肩先から離れなくなった

そのまま体を硬直させて　むくろとなってしまった小鳥を
わたしの枕に乗せて　いっしょに寝ていた
訪ねて来た従妹がそのベットにもぐりこんで
「ギャーッ!」と叫ぶまで

小鳥の死を悲しんでいるつもりは無かった　あっけなく
結界を超えていった　そのいのちを取り戻そうとしていたわけでも
とくべつな　いとおしさを感じていたわけでも
ほかの鳥たちにも　おなじように　そうする　つもりも無かった

駅

雲に分け入る峯を歩いたことなど無い
高い尾根尾根を辿らねば見ることのできない
幻の高峰を垣間見たことも無い
ただ、丘の上の駅に通うため
板で土留された階段を　登る　登る
何十年

おおきな声を立てて
行く手を横切ったシジュウカラ

近くの枝で　まだ　警戒音をまき散らしている

白い壁となり　轟音を立てて眼の前にそそり立った雨
お前が大切に守っていた巣も押し潰されたにちがいない
雨が止んでしばらくは　高い空の先で
チ　チ
細く鳴いていたお前
新しく巣を作り直す希望を見付けたか
小さな鳥

駅には列車がやって来る
ふくふくと膨らんで
シュッーと音を立てて

満足そうに去っていく
こんな郊外にやっと住処を見つけた
生きものたちを乗せて

冷たい春

春早く咲く花びらは冷たくて
薄い氷の切れはしになって風に砕ける

生まれたばかりの赤子の目の
人を吸い込む深い光
輝く瞳はまばたきもしない

下草は未だ生えそろわず
みずの流れる音がして　いま

ムクドリの鳴く林

ひとりで歩いて行ったのは
ためいきなど未だ知らない
軍靴というには薄底の鋲のあと
ただ誇らしげに故郷に残した
あの日あなたの横顔の恥じらい

ひとひら　ひとひら
ひとひら

花びらの悲しみは手のひらに
載ることもせず　はらはらと

冷たい春の　その先へ

組鐘

カリヨンの聞こえる
石畳の路地に夕闇が迫る
望まれない手紙なら
郵便受けに滑り込ませるかわりに
白鳥の浮かぶ堀の岸辺に
そっと置いて行くよ

ボクは邦に帰って新しい家を買おう
台所の窓にレースのカーテンを掛けて

小さなソファーのある居間には
籠を置いて
黒い仔猫を四匹入れることにしよう
ボクが十五のときに
君が初めてボクの家を
訪ねてきてくれたときのように

今の君には
女子修道院の夜の祈りと
パンの切れ端しか
待っているものはない
路地裏の靴音は
街では音にもならないが

ここでは大きく響き耳障りで
胸の痛みを紛れさせてくれる

四十年もの間
七つの海を越えたボクの夢
聞いてくれるはずだった君の肩
大海原の波頭を飾る陽光に
輝く操舵輪の脇にも
黒猫はいつも居眠りをしていて
耳をピクピク動かしていたから

林邑《ちゃんぱ》

深い森　暗がりに覆われ
湿気の滴る下草のなかで
高くせり上がり怪しく曲がる樹の根に
絡みつかれ羽交い締めにされ菩薩の顔が微笑む
そうして菩薩の首は土地の鼓動とともに年を重ねた

千年の長きにわたり隣国らと死闘を重ね
戦いのための象や王様ら　英雄を輩出し
交易で名をはせた　その国

高台の祭場はやがて西欧の国にも空爆され
塔は崩れ落ちた

跡地を受け継ぐかつての敵国の末裔たちは
修復や再建には意欲を示さない
南の国の強い陽射しに身をさらし
塔は日々崩れ落ちていく
崩れ落ちていく

若い頃はいともたやすく夢と共存できる
老いると夢が宿主に悪態をつきはじめる
「お前なんかのお陰で、世に出られんかった」
と　衰えた宿主からの幽体離脱を図る

まるで、ウイルスがその命脈を保つために
弱った体から抜け出そうともがくように
新たに取り憑くべき熱い情熱を探し始める

夢もまた時代の伝染病か
英雄の衣をまとって砲弾の陰にひそむ
夢を
親から譲り受けたときの胸苦しさを忘れまい
誇らしく風にたなびく自分の前髪は忘れても

旅・・・ソナーレ

高原に雪の降り始めた日
黒いピアノは暖炉の火を映し
しずかに語り始める
白い鍵盤を歩み始めた指は
赤くむくんだうえにささくれ立ち
歩を先に進めることも危ぶまれたが
男は　宙を仰ぎ　目をつぶり
頭を左右に振りながら
置き去りにしてきた長い時間をゆっくり　たぐり寄せる

音楽は初恋
その人を取り戻すために
生きよう　もういちど

旅は宗教　憧れであり　忘我であり
それにしても　長い旅をした
雪に埋もれた町に生まれ　ピアノの稽古に幼い月日は埋もれた
思いもかけず訪れた栄光を手蔓に　重い雪に閉ざされた国から逃れた
ピアノを弾いた　ピアノを弾いた
亡命先に親を亡くし　銃を構えて原野を走った
敵の町をさまよい　命を拾う場を求め
やっと　南の国に拠を得た
そうして　ピアノを弾いた　ペダルを踏んだ

使い尽くした肩は悲鳴を上げ　指は男に抗った
転倒がもとで足の骨は壊死し　ピアノのペダルを踏めない男は
無音の絶望に突き落とされた・・・

もういちど
そう
もういちど
風のささやきに耳をすまそう
流れゆく雲の微笑みをながめよう
満艦飾の小鳥の声を
鍵盤の上に叩きだして！

オリーブの木

無数の銃弾に剥ぎ取られた表皮
ちりぢりのきれはしを身に纏い
粉雪まじりの北風に
裸体を晒すお前
　オリーブの木はこの「時」に
生を受けるべきではなかった

その実は蒸留され馬や牛、ラクダの足を
虫から防いだ　人の足を守り続けた

旧約聖書のむかしから
その実を愛し続けた「人」が
お前に銃口を向けた
仲間を殺すために
「敵」と呼ぶことにした
仲間を殺すために

砂漠の国にはめずらしい曇天に
お前の傷は広がりつづける
お前の泣き声は鈍く雲に覆われる
お前の涙が千年一律のこの光景を
呪っている
あまりにも

殺戮に慣れたこのいきものを
虚空の下で　漆黒の大宇宙の一点で

とりあえず

ころげ落ちるように駆け下りた坂
かろうじてつま先で立止まった水際
岸はコンクリートで固められている
闇のなか潮の臭いと護岸を打つ波の音
風の音はしない　どうせ滑り落ちるなら
やわらかい雪の降り積もった山肌を
スキー板に乗って飛び降りてみたら
どうなんだ　風を顔いっぱいに受けて
きのうのボクとはサヨナラだ

いずれにしても　時も場所も自分を押しやる
流れの向きも掴めない
何が始まるのか何が起こったのか
分からない　そんなときには
降りろ降りろ　とりあえず
脱出しろ　飛び出せ
狂ってしまえ　今は　きっと
そんな時代なってしまっているんだろう

タマラ

草原の向こうから
陽が昇ろうとしている
　騒乱は未だ・・・
露も葉先に止まり
水玉が輝いている

夜じゅう続いた爆音は
消えている
朝飯の時間なんだ

奴らも
きっと

飢えを忘れた
からだのあちこちの痛みも
きょうがいつかも
じぶんが誰かも
ここがどこかも

何に魂を売ったか
どんな邪悪に憑依されたか
　あの狂気はなんなんだ？
悠久の歴史の被害者と名乗るもの

報復すべき相手を間違えてはいないか？

鳥が雛のために懸命に餌を運ぶ季節
ひとには子の空腹を充たす術がない
陽はまた昇るが
夜の訪れは約束されない
　朝飯が終われば奴らは銃を手に取る

少年は走る

壁面に彫られた天女たちは
中天から降り注ぐ日の光を受けて
微笑んでいるのかも知れない
泣いているのかも知れない
少年は走る

少年は走る
ロンジーの裾をたくし上げ
赤銅色の足の甲と

白い足の裏を交互に見せながら
回廊を走る

細い二の腕を思い切り振り
少年は走る
ハーハーと息を上げて
目をしばたたいて
明日のことを想っている

昨日のことを想っている
生まれてこのかた
走り続ける少年は
小さな蟻を踏み潰した勝者

神聖な回廊を乱した狼藉者

灼熱の太陽のもとで
砲弾のような雷雨の下で
懸命に走り続ける
でも
顔は無い

ヒバリ

麦は地に広がって
空へ　空へと
舞い上がるヒバリの
声が響く
笑顔は
そよ風の中にあった

小枝に隠れて
風と光がもつれ合い

小鳥は産毛を逆立てている
笑い声が走る
二人が立ち止まるところで
吐息は時を止める

ペンテコステ《聖霊降臨》の休暇
パリ大聖堂からシャルトル大聖堂へと
学生の巡礼が隊を成す
ヒバリの声に励まされ
揺れる空の下の
早鐘のような鼓動

君の背を照らした日の光

君を追った風のなか
君が走った道
君がつかんだ未来
震える麦の穂は
君の明日《あした》を信じていた

いま　君の消息は知れない
彼の地にも
きっと広がっているであろう
一面の麦畑を踏みしだいて
走る戦車、炸裂する弾頭
軍帽の下の怒声にかき消され

ホタル飛ぶ

あの夜
迷い込んだ浜風に
寝入った子どもの前髪が揺れていた
わたしたちは蚊帳の上に
捉えて来たホタルを放って
灯を消した

あの日
大海原が太古のうねりを突き上げて

地上を襲った日
濁流にのみ込まれ流された
家、車、線路、電柱、木々、社
わたしはあなたの指先を
泥水の中に捉え損ねた

それから
逃れたものたちのたどり着いた
決して海鳴りの聞こえぬ
遠い町で
十回桜が咲いて
十回紅葉が散った

今宵、あの日以来初めて佇む浜辺
ホタルが一匹
人差し指にとまった
いままで　ずっと
どこを飛んでいたのだろう
浜に打ち上げられて朽ちかけた
船の操舵輪の上か
それとも
砂浜にひしめく色とりどりの貝の屍の上か

サンシュユ《山茱萸》の木

（i）

冷たい春に放り出されて
光りは戸惑っている
咲いたばかりの菜の花の上を駆け
黄色い小さな花をいっぱい膨らませた
サンシュユの枝でひと休みする

風
咲きかける梅の花にも足を伸ばした
良かった
やっと
春が来る

（ii）

サンシュユの梢で
光りは風に変わって

キラキラと光の粉を漂わせた
もうあなたの眼差しを探すのは止めた
わたしも風になって
大空を吹いて行こう

それにしてもボクらの時代

下りエスカレーターは遅くも速くもない
ゴトン　ゴトンと大きな歯車を回す
人の意思とは関わりなく動く下り階段の
無数につながれた踏板の上で
キミは何を見ているのだろう
パーキンソン病が進行する前にと
早々とプラスチックに入れ替えた水晶体で
きっとキミは何も見ていないに違いない

それにしてもボクらの時代
戦の場を戦争から経済競争に乗り換えた
この地に禄を喰んでいて
ボクたちは肌に血を流すことこそなかったが
お互いに比較され二十四時間寝食忘れて励めと鼓舞されて
心には満杯の傷を貯え続けた
ボクらは縦の評価の中に放り出された
成績も、職業も、幸も不幸も、
ボクらの心には序列がすぐ育つ
配列を探るために周りの顔色をうかがい
お互いの位置を確かめて
取るべき姿勢を決めたりする
功名心がおもむろに鎌首をもたげてくる

優秀な兄や姉たちに囲まれて育ったキミは
親の関心を兄姉に奪われ
いつも親の視線に飢えていた
いつも人の承認を求めて息を殺していた
キミの心はいつも大声で泣き叫んでいた
やがて
賞賛を期待して大いなる犠牲にまで手を染めた　キミは
エスカレーターの上からキョロッと
「世間」を見下ろして
誰にも見られていなかったことに
はじめて気がついたのかも知れない
まったく
戦士には男も女もなかったのだし

Kaew の香り

香水の小瓶がひとつ
本棚の隙間に落ちていた
埃に覆われ
中身はすっかり無くなっているのに
栓を開けると強い香りが解き放たれた

南の国の葉陰
この不思議な香りに出会った

焚きこめられた香のように艶めかしく
鬱蒼とした緑に正体を潜める花
路地を辿る少女の素足の足音

貝殻の風鈴が軒先に揺れ
露の雫が白く葉先に輝く
靄の彼方に潮騒の音
鶏が時折草むらを横切る
壁を走るヤモリの影

あのあと
島は大津波に洗われ
廃墟となった森は

コンクリートに覆われた
もう昔を語るものはいない

夕陽が家々を赤く染め
風が梢を震わせる都会の隅で
香りは息を吹き返す
長い眠りから覚めて
夕暮の故郷へと旅立って行く

南の空へ
どこにも無い空へ

光

光が放たれた
木々の枝を通って
紅い病葉《わくらば》の下の
夜明けの霜に突き刺さる

光が曲を奏でている
揺蕩《たゆた》う水面《みなも》の
風に寄せる想いを

慰める

鶴が哭いた
光はキラキラ輝く
大気の粒を包み込んで
番《つがい》の鳥の背を濡らす

暗闇でじっと目を閉じると
無限の光のプロジェクトマッピング
音無く流れ
絶えること無く
天の川の近くに見える

矮星銀河
整然と眩《まばゆ》い
光の星がぎっしりと

月の光

透き通る果実を
剥いて母に渡そうとして　目が覚めた
母はこの頃めったに夢を訪れてはくれない
母であり　娘であり　遠い祖先であり　やがてこの世に芽吹く命
果汁は人の渇きを癒やしてくれるはず
芳醇は人の迷いを包んでくれるはず
満月が照らす庭は
土が足裏の火照りを冷ましてくれるはず
温められた寝床を出る勇気さえあれば

葉に溜まって弾ける露の音が聞こえるはず
月の光の足音を聞けるはず

「叙情詩とはなんですか？」
問われたその人は
「読み終わって、その人を好きになるような詩です」と
答えたという
薄墨桜の散る川の水
暖気と寒気のはげしいせめぎ合いのなかで
圧しつぶされる
望み　怨念　執着
手垢にまみれた言葉

濁りのない水を
月の光を
この世に
月の光だけを

祭壇をさがせ

薄く積もった雪を払って
地下に降りて行くと
その洞穴には海に通じる水底から
祭壇へと吹き上がる噴水がある
ぬくもりがある
暗い生暖かい血の臭いのなかで
探った
待った

光を

もう叫声は聞きたくない
泣き崩れた顔は見たくない
考えたくない
同情などしていられない
ただ
この1秒を生き残るだけ
上がりきった脈拍が
無数のか細い血管を突き破らぬよう
脳みその動きを止めろ
声を潜めろ

数万年もこうして生きながらえれば
ひとの体も変わって行くのだろう
数本の手と足と
数個の目をもって
硫黄の空気の中でも
生きながらえる生き物に
なっていることだろう

「ジムノペディ」

六月の昼
道端の紫陽花を霧雨が包む
花の色はウルトラマリンにはほど遠く
花を支える若い葉っぱたちは
時折身震いして溜まった雨水を振るい落とす
近くのスーパーのＢＧＭ
ジムノペディが聞こえていた

紫陽花の花の下の暗がりに
その小鬼は棲んでいた
小さな一つの蕾として
世を恨むことも呪うことも知らず
ただ霧雨が鬱陶しいと悪態をつきながら
節張り折れ曲がった腕を
節張り折れ曲がった背骨から伸ばして
花咲く順番が自分に回って来るのを待っていた
でもやがてやって来る清冽な白南風（しらはえ）の中で
鬼などがどうやって生きながらえるというのだろう？

霧雨は続いた
スーパーから流れるピアノの音が止んで

闇がすっかり道端を覆った頃
小鬼の姿も闇に消えた
花になれなかった小鬼は
小さな蕾のまま雨粒に包まれ腐って溶けた
花になれなかった小鬼のつぶやきが聞こえる
雨粒が地面に落ちるそのとき
記憶の粒がはじけ散るそのとき

豪雨

出口が無い
高く聳える雨の岩肌が町に覆いかぶさる
急いで知り得る限りの人の顔を思い出して
救いを求めるべき相手を探す
だが、絆とやらはどれもこれも機能不全
　扉は開かない
記憶のワッペンの中に閉じ込められた知り合いの顔
それぞれの薄っぺらな笑顔が

壁にびっしり貼り付けられて並んでいる
　笑っている
喉の奥の渇き　痛み
慰めるために水を飲めば　飲めば
ただ腹は膨れるばかり
大雨が降り続いて
窓の外は真っ白
轟音が耳を圧す
恐怖に足が震える
　電波は途絶えて
　テレビもラジオも聞こえない
激しい雨音だけが時を支配する

そのむかし

そのむかし
サトウキビの林の中に
蛇たちが餌を求めて通った道
茎の根元に貼り付いた鱗粉
ここに骨が生えていたらしい

そのとき
恐怖で細くかじかんだ骨は

林のなかで泣いていたのだ
骨の表面は卵の殻のように薄くなって
呻《うめ》きながら
見えない目ですがるべき茎を当てもなく探した

しかし当然だ　歴史は蛇を打ち据えた
青い腸《はらわた》が飛び散るほどに
だから骨よもう泣かないでおくれ
何度繰り返されてきたか
この邦が形作られて五百年
海から生まれ海に生きた人々を
北から窺《うかが》う強欲な蛇　そしていまなお
北が担うべき重荷を肩代わりさせている

空は蒼い
ひとのあたりまえの日々は粛然と続く

蛇よお前は
海に育まれた人々の大らかな
黒く大きな瞳を　魂《たましい》を
見つめ返すことができるのか？

三太！　さあ散歩に行こう！

〝ワン〟とも言わず白い目で
視線をそらせて座り込む
尻尾を地べたに擦り付けて
リードを引いても動かない

荒梅雨の晴れ間に見上げる空は暗く
人の声も小鳥の声も少なくて
木々は蒸気をまとって息を潜める

昨日は何があったのか
今日はいったい　いつなのか

小さなスマホが伝えてる
世界のほかのどこかでは
天変地異が起きている
大国と小国が戦い続けているという
流行病が蔓延中　　隣国では
イケメン俳優とユーチューバーが恋愛中
この国では　いま
老人が銀行に車突っ込んで　コンビニ強盗は若い女
　そして高温注意報

もう　頭が忙しくてたまらない
もう　もう　うざくてたまらない
もう聞くのも見るのもいやだから
　三太はもう動かない
　三太はもう歩かない
　三太はもう尾を振らない
三太はもう　人と散歩するのは止めることにした

あとがき

この前に詩集をまとめてから7年が経ちました。このあいだに、わたしの体調は落ち着きをとりもどしました。でも世のなかでは、コロナの蔓延を防ぐため、国を挙げての外出自粛がありました。おかげで、わたしの出不精の言い訳はしやすくなりましたが、わたし自身は、それと意識しないうちに、以前より怒りっぽくなった気もします。

このあいだに、街を通っていく車の音が変わりました。エンジン車からEV車へ。救急車のあの甲高いサイレンの音が低音になりました。でも、低くなったサイレンの音を聞くことは頻繁になりました。電子機器は利便性を高めましたが、筆記用具としては、脆弱になった（ゆらぎがひどくなった）ような気がします。

もっとも予測不能になったのは、天候なのかも知れません。わたしたちが生きていくための生活の快適化によって進む地球の温暖化がもたらしていると説明されています。穏やかな四季で彩られていたはずのこの国が、ときに熱帯の荒々しい雨や洪水にさらされるようになりました。もともとこの地の底に宿主となって眠っていた天変地異は、わたしたちとのいっときの休戦に飽きたか、このごろ頻繁にそのエネルギーを表出して来ます。

要するに、何かが、すっかり、変わってしまいました。

書くことは学ぶことで、学ぶことは生きる道しるべと思っていたはずなのに、およそ何事も、以前のようには進みません。足下もますます覚つきません。体を動かすことが減ったためか、足をはじめとして体中の筋力が急激に低下しました。さらに、世界の枠組みも、社会の規範も、変動していくのが当たり前になってしまいました。おかげで、心の平安は、ますます遠いものになってしまいました。深呼吸をしてみたり、口角を上げてみたりしても、心には重しがつきまとっている今日このごろです。

わたしという存在が受け止めているこの「時」この「場」を、言葉という最も基本的な表現方法で、記録しているつもりでした。非常に短いかたちでの物語を、言葉そのもので直接届けられる情というよりも、映像に翻訳され、語らせるようなものを求めてきました。たとえ、それが「詩」ではなく、「描写」に過ぎなかったとしても。なるべく世代を超えてひとの心に届きやすい表現、そして外国語にも移しやすい表現、短く完結する映像・画像を介したようなものを求めて。

この夏の異常高温に体調を崩された方々も多いかと思います。思いもよらず新川和江先生の訃報に接しました。新川先生が亡くなってしまわれたとは、にわかには信じられません。九五歳を迎えられ、「目は見えない。耳は聞こえない。記憶力は無くなった。」とおっしゃりながらも、アドバイスを下さる労をいとわず、導きの手を差し伸べ続けて下さいました。突然放り込まれた大きな空虚に声も上げられない状況です。先生のご冥福を心よりお祈り申し上げます。

本詩集の出版を快諾し、史上まれな猛暑のさなか、諸難をいとわずご尽力いただきました七月堂の知念明子前代表はじめ編集部の皆様に深謝申し上げます。

志田道子

二〇二四年九月

志田道子

一九四七年九月一九日生まれ。

東京都出身

二〇〇八年四月　「新川和江詩作の会」にて詩作を学び始める。

『わたしは軽くなった』　花神社　二〇一三年十二月

『あの鳥篭に餌をやるのを忘れてはいないか？』　七月堂　二〇一三年十二月

『エラワン哀歌』　土曜美術社出版販売　二〇一七年九月

東京外国語大学卒業、上智大学修士、パリ第四大学D.E.A.

日本現代詩人会会員、日本P.E.N.クラブ会員

住所：一六七-〇〇二一　東京都杉並区井草一-三二-一-二〇四

Kaew の香り・・・それにしてもボクらの時代

二〇二四年十二月二五日　発行

著　者　志田　道子
発行者　後藤　聖子
発行所　七　月　堂
〒一五四-〇〇二一　東京都世田谷区豪徳寺一-二-七
電話　〇三-六八〇四-四七八八
FAX　〇三-六八〇四-四七八七
印　刷　タイヨー美術印刷
製　本　あいずみ製本所

Printed in Japan
ISBN 978-4-87944-598-8 C0092